L'ANGLOIS A BORDEAUX;

COMÉDIE

EN UN ACTE ET EN VERS LIBRES;

Par M. FAVART:

Représentée pour la premiere fois par les Comédiens François Ordinaires du Roi, le Lundi 14 Mars 1763.

Le prix est de 24 sols.

A PARIS,

Chez DUCHESNE, Libraire, rue Saint Jacques, au-dessous de la Fontaine Saint Benoît, au Temple du Goût.

M. DCC. LXIII.

Avec Approbation & Privilége du Roi.

A MONSEIGNEUR
LE DUC
DE PRASLIN,

Pair de France, Commandeur des Ordres du Roi, Secrétaire d'État & Ministre des Affaires Etrangeres.

MONSEIGNEUR,

La Paix est votre ouvrage; par conséquent la Piece qui la célebre, vous appartient. Vous daignez, MONSEIGNEUR, en accepter l'hommage; c'est me récompenser de l'avoir faite.

Je suis avec le plus profond respect,

MONSEIGNEUR,

Votre très-humble & très-obéissant serviteur, FAVART.

ACTEURS.

DARMANT, M. Molé.

LA MARQUISE DE FLORICOURT, *Sœur de Darmant*, Mlle. Dangeville

BRUMTON, M. Belcourt.

CLARICE, *Fille de Brumton*, Mlle. Hus.

SUDMER, *Ami de Brumton*, Mr. Préville.

ROBINSON, *Valet du Milord*, M. Armand.

UN AUTRE VALET.

UN BORDELOIS.

La Scene est à Bordeaux dans la maison de Darmant.

L'ANGLOIS A BORDEAUX,

COMÉDIE.

SCENE PREMIERE.

DARMANT, LA MARQUISE DE FLORICOURT.

LA MARQUISE.

Je vous renonce pour mon frere.
Toujours pensif, rien ne vous rit !
Vos prisonniers Anglois vous ont gâté l'esprit;
Vous n'êtes occupé que du soin de leur plaire;
Votre Milord Brumton vous rend atrabilaire.

DARMANT.

Ma sœur, je suis piqué; mais piqué jusqu'au vif;
L'amitié du Mylord me seroit précieuse :
En tout, pour la gagner, on me voit attentif;
Mais sa fierté superbe & dédaigneuse
Rejette mes secours, s'indigne de mes soins,
Il aime mieux s'exposer aux besoins,
Rendre sa fille malheureuse :

BORDEAUX,

Il croit ſon honneur avili,
S'il accepte un bienfait des mains d'un ennemi.

LA MARQUISE.

Mais, mon frere, en cherchant à lui rendre ſervice,
Ne ſongeriez-vous point à ſa fille Clarice ?
Cette Angloiſe eſt charmante !

DARMANT.

Epargnez-moi, ma ſœur ;
Et ne déchirez point le voile de mon cœur.
Si l'on me ſoupçonnoit... il eſt vrai, je l'adore.
Je veux me le cacher, je veux qu'elle l'ignore :
L'amour dégraderoit la générosité.

LA MARQUISE.

Qui vous fait donc agir ?

DARMANT.

L'humanité.
J'ai plongé dans la peine une noble Famille.
Qu'une guerre fatale entraîne de regrets !
Brumton part de Dublin pour Londre, avec ſa fille ;
Il embarque avec lui ſes plus riches effets.
La Frégate que je commande,
Croiſant ſur les côtes d'Irlande,
Rencontre ſon vaiſſeau, l'atteint & le combat.
Brumton, qu'aucun danger n'allarme,
Soutient notre abordage & montre avec éclat
L'activité d'un Chef & l'ardeur d'un ſoldat ;
Il fond ſur moi, me bleſſe & ma main le déſarme ;
Il veut braver la mort, je prends ſoins de ſes jours.
A l'Ennemi vaincu, l'honneur doit des ſecours.

LA MARQUISE.

Fort bien, mon frere.

DARMANT.

Enfin, nous avons l'avantage,
Son vaisseau coule à fond, & l'on n'a que le tems
De sauver sur mon bord les gens de l'équipage.
Je reviens à Bordeaux, où mes soins vigilans
De ces infortunés soulagent la misere;
Mais Brumton se refuse à mes empressemens.

LA MARQUISE.

Moi, j'aime assez ce caractere.
Il est brusque... mais il est franc.
Sa fierté qui paroît choquer la politesse,
Releve en lui l'air de noblesse
D'un homme qui soutient son rang.
Si son maintien est froid..... ses yeux ont de la flamme;
Et je lui crois une belle ame.
Il n'a pas quarante ans cet homme?

DARMANT.

Tout au plus.

LA MARQUISE.

Devenez son ami.

DARMANT.

Mes soins sont superflus:
Ses principes outrés d'honneur patriotique,
Sa façon de penser qu'il croit Philosophique,
Sa haine contre les François,
Tout met une barriere entre nous pour jamais.

LA MARQUISE.

Je prétends la briser: oui vous pouvez m'en croire.
Pour vous, pour moi, pour notre gloire
Il reviendra de sa prévention.
Il s'agit de l'honneur de notre Nation.

Nous verrons donc ce Philosophe ;
Et s'il veut raisonner, c'est moi qui l'apostrophe.
Je philosophe aussi, quand je veux, tout au mieux.

DARMANT.

Plaisantez-vous ?

LA MARQUISE.

Moi ? point du tout, mon frere,
Et cela devient sérieux.
Allez, allez, laissez-moi faire.
Doutez-vous des talens que j'ai ?
Par un ridicule contraire,
Un ridicule est souvent corrigé.
Vous voyez bien que je me rends justice ;
J'entreprends le Mylord, vous poursuivez Clarice :
Il est honteux pour vous, pour un François,
D'aimer sans espoir de succès ;
Cependant, obligez le Mylord en silence,
Et cherchez des moyens secrets.

DARMANT.

J'ai déjà commencé ; mais n'en parlez jamais ;
D'un bienfait divulgué, l'amour-propre s'offense ;
Le valet Robinson est dans mes intérêts ;
Par son moyen, son Maître a touché quelques sommes
Sous le nom supposé d'un Patriote Anglois.

LA MARQUISE.

Voilà comme il faudroit toujours tromper les hommes.

DARMANT.

J'apperçois Robinson ; viens-çà.

SCENE II.

DARMANT, ROBINSON, LA MARQUISE.

ROBINSON.

BON jour, Monſieur ;
Bon jour, Madame. Ah ! le bon frere
Que vous avez-là ! le bon cœur !
Sans lui nous étions morts, j'eſpere.

DARMANT.

Paix ! je t'ai défendu ...

ROBINSON.

Quel François obligeant !
Brave homme, toujours prêt à donner de l'argent :
Il eſt notre unique reſſource.
Je crois toujours lui voir ouvrir ſa bourſe,
En me diſant : tiens, Robinſon,
Prends, mon ami, prends ſans façon.

DARMANT, *lui donnant de l'argent.*

Prends donc & te tais.

ROBINSON.

Oh ! je n'ai garde de dire ...

LA MARQUISE.

Que fait ton Maître ?

ROBINSON.

Il penſe.

DARMANT.

Et Clarice ?

ROBINSON.

Soupire.

LA MARQUISE.

Penſer, ſoupirer ! pauvres gens !
C'eſt fort bien employer le tems.

ROBINSON.

Clarice s'amuſoit à lire
Un de ces beaux Romans qu'on fabrique à Paris :
Tout en rêvant, s'eſt approché mon Maître :
Un ouvrage François ! dit-il, d'un air ſurpris ;
Et le Roman vole par la fenêtre.

LA MARQUISE.

Cet homme a l'eſprit juſte.

ROBINSON.

» Occupez-vous de Lock,
» Ma fille ; liſez Clark, Swiſt, Newton, Bolingbrok.
» Songez que vous êtes Angloiſe :
» Apprenez à penſer.... Puis ayant dit ces mots ;
Il s'enfonce dans une chaiſe,
Pour réfléchir plus à ſon aiſe,
En décidant que vous êtes des ſots.

LA MARQUISE.

Cet homme eſt ſingulier.

ROBINSON.

C'eſt la vérité pure ;
Et je n'ajoute rien, Madame, je vous jure.

LA MARQUISE.

Mais quelquefois, Mylord t'a-t-il parlé de moi ?

ROBINSON.

Toujours beaucoup ; il dit, Madame ...

LA MARQUISE.

Quoi ?

ROBINSON.

Il dit qu'il vous trouve bien folle,
Et que c'eſt grand dommage.

LA MARQUISE.

Bon !
Je conclus ſur cela que mon eſprit frivole
Va lui faire entendre raiſon.

DARMANT.

Que penſe-t-il de la lettre de change ?

ROBINSON.

Il la croit véritable & n'y voit rien d'étrange.

DARMANT.

Elle eſt bonne en effet ; c'eſt de l'argent comptant.

ROBINSON.

Pour en toucher la ſomme, il m'envoye à l'inſtant.

DARMANT.

Vas donc chez mon Banquier ; mais que chacun ignore....

ROBINSON.

Ne craignez rien, j'ai fait paſſer encore
L'effet ſous le nom de Sudmer,
Négociant de Londre & ſon ami très-cher :
Mon Maître convaincu qu'il lui doit ce ſervice,
Hâtera le moment de lui donner Clarice.

DARMANT.

Clarice à Sudmer ?

ROBINSON.

Oui. Monſieur tout à la fois,
Au lieu d'une perſonne, en obligera trois,
Et Clarice ſur-tout qui deviendra la femme...

DARMANT.

C'en eſt aſſez, va-t'en. (*A part.*) Quel coup fatal !

SCENE III.

LA MARQUISE, DARMANT.

LA MARQUISE.

Comment ! vous travailliez au bonheur d'un Rival ?
Mais rien n'est si plaisant.

DARMANT.

Raffermissez mon ame ;
Je crains de me trahir, & je dois résister.
Je suis impétueux, je me laisse emporter ;
Et vous sentez trop bien qu'il faut cacher ma flamme.

LA MARQUISE.

Qu'elle éclate plûtôt, livrez-vous à l'espoir.
Quel est donc ce Sudmer, pour entrer en balance
Avec les agrémens que vous pouvez avoir ?
Vous méritez la préférence ;
Le don de plaire est votre lot,
L'excès de modestie est défaut à votre âge ;
Soyez plus confiant, plus François en un mot :
Faites sentir un peu votre avantage.

DARMANT.

Qui s'éleve est un fat.

LA MARQUISE.

Qui s'abbaisse est un sot.

Cette délicatesse à la fin peut vous nuire,
Et vous avez besoin de vous laisser conduire.
Feu mon mari, le Marquis Floricourt,
Qui passoit pour un agréable,
Me consultoit pour être aimable :
Je l'ai rendu l'homme du jour :
Ainsi par mes conseils....

DARMANT.

Souffrez que je m'en passe.
Tout ce que je demande est un profond secret.

LA MARQUISE.

Eh ! bien, on se taira, Monsieur l'Amant discret ;
Je vous livre à vous-même.

DARMANT.

Oui, faites-m'en la grace.
Tout espoir m'est ravi.

LA MARQUISE.

Clarice vient à nous.

SCENE IV.

DARMANT, LA MARQUISE, CLARICE.

CLARICE.

Madame, j'ai recours à vous.
Mon pere s'abandonne à la mélancolie.
Tout lui déplaît, l'inquiette, l'ennuie.
Hélas! rendez son sort plus doux.

LA MARQUISE.

Qui? Moi? très-volontiers.

DARMANT.

O Ciel! que faut-il faire?
Parlez.

CLARICE.

Je n'en sçais rien; mais cependant j'espere.
Tantôt plongé dans un chagrin mortel,
Il vous entend de la salle voisine,
Jouer au Clavecin un Concerto d'Indel,
Et je vois éclaircir l'humeur qui le domine:
Il écoute, il admire, & vos savans accords
Sont comme autant de traits de flamme.
Notre Musique Angloise excite ses transports:
Pour la premiere fois, je vois ici, Madame,
Le plaisir dans ses yeux & le jour dans son ame.

DARMANT.

Ma sœur, ma sœur, courez au Clavecin.

LA MARQUISE.

Monsieur Darmant, il n'est pas nécessaire:
uivez votre projet; pour moi, j'ai mon dessein.
dieu. Qu'il est nigaud! mais c'est pourtant mon
frere.

SCENE V.

CLARICE, DARMANT.

DARMANT.

RESTEZ, belle Clarice ; ah ! que vous m'êtes chere !

CLARICE, *avec fierté.*

Moi, Monsieur ?

DARMANT.

Oui, vous, par l'attachement
Que vous montrez pour un si digne pere.
Je l'estime, je le révere.

CLARICE.

Il le mérite.

DARMANT.

Assurément ;
Mais toujours à mes vœux le verrai-je contraire ?

CLARICE.

Vos vœux ? je ne vois pas que ce soit son affaire.

DARMANT, *avec ardeur.*

Ah ! l'amour....

CLARICE, *fierement.*

Quoi, Monsieur ?

DARMANT, *se moderant.*

L'amour-propre blessé

Devrait gémir dans mon cœur offensé,
Des efforts impuissants que j'ai faits pour lui plaire.

CLARICE.

Votre dépit s'exprime vivement.

DARMANT, *à part.*

Je ne m'observe pas.

CLARICE.

Est-il quelque mystere ?

DARMANT.

Quelque mystere ? Nullement ;
Mais je sais que Mylord me hait & me déteste.
Vous partagez ce cruel sentiment ?

CLARICE.

La haine ! ah ! c'est, je crois, le plus cruel tourment ;
Et mon cœur n'est point fait pour cet état funeste.
(*A part.*) Je devrais fuir l'amour également.
Monsieur, croyez-vous que j'approuve
Ces injustes préventions
Qui divisent nos nations ?
J'honore la vertu partout où je la trouve.

DARMANT, *vivement.*

Oui, la vertu ; vous l'inspirez ;
Et votre pere aussi : c'est vous qui la parez ;
Vous la représentez affable & circonspecte ;
Elle a pris tous vos traits, afin qu'on la respecte.
J'ai, pour servir l'État, recherché de l'emploi ;
Avec ardeur j'ai désiré la guerre ;

Vos

Vos malheurs l'ont rendue un vrai fléau pour moi,
Et c'est depuis que je vous voi,
Que la paix me paroît le bonheur de la Terre.

CLARICE.

Je n'ai garde d'ajouter foi
A des paroles si flatteuses.
C'est votre stile à tous. Votre premiere loi
Est de nous prodiguer des louanges trompeuses.
L'art dangereux de la séduction
Est le trait principal qui vous caractérise ;
Cet art que chez nous on méprise,
Fait partie, en ces lieux, de l'éducation :
Et cette fausseté que l'agrément déguise...

DARMANT.

Justement ; du Mylord voilà les préjugés ;
Vous n'imaginez pas combien vous m'affligez.
Votre air de dédain m'humilie
Plus que l'excès d'un vrai couroux.

CLARICE.

En critiquant votre patrie,
Je voudrais que le trait ne portât point sur vous.

DARMANT.

Quoi ! vous m'excepteriez ?

CLARICE.

Non vraiment, je n'ai garde ;
Je voudrais seulement pouvoir vous excepter.

DARMANT.

Mais, de ma bonne foi, qui vous ferait douter ?
Peut-on n'être pas vrai, lorsque l'on vous regarde ?

CLARICE.

Ah ! vous reprenez le jargon !
De ce moment je vous laisse.

DARMANT.

Non, non
Encore un seul instant demeurez, je vous prie.

CLARICE.

J'y consens ; mais surtout aucune flatterie.

DARMANT, *très-modérément.*

Eh ! bien, Clarice, je promets
Que je ne vous dirai jamais
Ces vérités qui vous déplaisent.
(*Avec une froideur contrainte.*)
Il faut, à votre égard, que les désirs se taisent.
Vous leur imposez trop,& mon dessein n'est point...

CLARICE, *d'un air piqué.*

Ah ! Monsieur, je vous rends justice sur ce point.

DARMANT.

Vous avez bien raison, oui ; mais daignez m'entendre :
L'estime peut unir des esprits opposés.

CLARICE.

Oui ; mais quand deux pays sont aussi divisés,
Il ne faut pas de sentiment plus tendre.

DARMANT, *avec modération ; mais cette modération se perdant par degrés, mene à la plus grande vivacité pour finir la tirade.*

Aussi n'en ai-je pas. Je dirai cependant
Que le cœur n'admet point un pays different.

C'eſt la diverſité des mœurs, des caractères,
Qui fit imaginer chaque gouvernement;
Les loix ſont des freins ſalutaires
Qu'il faut varier prudemment,
Suivant chaque climat, chaque temperament.
Ce ſont des regles néceſſaires,
Pour que l'on puiſſe adopter librement
Des vertus même involontaires;
Mais ce qui tient au ſentiment,
N'a dans tous les pays qu'une loi, qu'un langage.
Tous les hommes également
S'accordent pour en faire uſage.
François, Anglois, Eſpagnol, Allemand
Vont audevant du nœud que le cœur leur dénote:
Ils ſont tous confondus par ce lien charmant,
Et quand on eſt ſenſible, on eſt compatriote.
Malheur à ceux qui penſent autrement.
Une ame ſeche, une ame dure
Devrait rentrer dans le néant;
C'eſt aller contre l'ordre. Un être indifferent
Eſt une erreur de la Nature.

CLARICE, *avec vivacité.*

Il eſt bien vrai, Monſieur....

DARMANT, *plus vivement encore.*

Ah! Clarice!

CLARICE, *très-froidement.*

Il ſuffit.
Que voulez-vous prouver? Que voulez-vous entendre?

DARMANT.

Moi! j'ai trop de reſpect, je n'ai rien à prétendre.

CLARICE, *à part.*

Me ſerois-je trahie ?

DARMANT, *à part.*

O ciel ! j'en ai trop dit.

CLARICE.

Mais je crois que j'entends mon pere.

DARMANT.

Ma préſence
Pourroit l'importuner, & je dois l'éviter.
Je craindrais d'impatienter
Un ſage, dont je veux gagner la confiance.

SCENE VI.

CLARICE, LE MYLORD.

LE MYLORD.

On n'y ſaurait tenir : quel peuple ! quel pays !

CLARICE.

Qu'avez-vous donc encor, mon pere ?

LE MYLORD.

Je me ſens transporté d'une juſte colere ;
Je ne vois que des jeux, je n'entends que des ris.
Chanteurs importuns ! doubles traitres !
Avec leurs violons, leurs tambourins maudits,
Inceſſamment, exprès, paſſer ſous mes fenêtres,
Pour me troubler dans mes ennuis.

Tous les jours des ſauts, des gambades,
Et tous les ſoirs des ſérénades.
Quand pourrai-je ſortir du cahos où je ſuis ?

CLARICE.

Les François ſont gais par uſage :
De votre ſombre humeur écartez le nuage.

LE MYLORD.

Tandis que la Diſcorde en cent climats divers,
De tant d'infortunés écraſe les aſiles,
Le François chante ; on ne voit dans ſes villes,
Que feſtins, jeux, bals & concerts.
Quel Dieu le fait jouir de ces deſtins tranquilles ?
Dans le ſein de la guerre, il goûte le repos ;
Sans peines, ſans beſoins & libre ſous un Maître,
Le François eſt heureux, & l'Anglois cherche à l'être.

CLARICE.

Vous pouvez l'être auſſi.

LE MYLORD.

Ma fille, laiſſez-moi,
J'ai beſoin d'être ſeul.

CLARICE.

Toujours ſeul ! & pourquoi. .

(*Le Mylord fait un ſigne de la main, & Clarice ſe retire.*)

SCENE VII.

LE MYLORD, *seul.*

JE me vois retenu chez un peuple frivole,
Qu'on ne peut définir. Plein d'amour pour son Roi,
Tout entier à l'honneur sa principale loi,
Fidéle à ses devoirs ; au plaisir son idole,
Des momens les plus chers il consacre l'emploi.

(Il s'assied, & après un moment de silence, il jette les yeux sur une pendule.)

Tout ne présente ici qu'un luxe ridicule.
Quoi ! l'art a décoré jusqu'à cette pendule !
On couronne de fleurs l'interprete du tems,
Qui divise nos jours, & marque nos instans !
Tandis que tristement ce globe qui balance,
Me fait compter les pas de la mort qui s'avance :
Le François entraîné par de légèrs desirs,
Ne voit sur ce cadran qu'un cercle de plaisirs.
O ciel ! est-il tourment plus rude ?

(Un Valet du Mylord entre avec des sacs.)

Qui vient encore ici troubler ma solitude ?
Quoi ! toujours ! ah ! c'est de l'argent.
Je le reçois dans un besoin urgent ;
Des secours étrangers il m'épargne la honte.
Tu ne t'es pas trompé? sans doute, j'ai mon compte?

LE VALET.

Oui, Mylord.

LE MYLORD.

Relisons la Lettre de Sudmer.
O généreux Anglois, que tu me deviens cher !

(Il lit.)

» Mylord, vous devez avoir besoin d'argent
» dans la situation où vous êtes ; je vous envoye
» une lettre de change de deux mille guinées. Je
» compte trop sur votre amitié pour ne pas être
» sûr que vous n'offenserez pas la mienne par un
» refus. Mon bras est assez bien remis, je n'ai pas
» encore la liberté d'écrire moi-même ; ne me fai-
» tes point de réponse, je m'embarque pour la
» Caroline, nous nous verrons à mon retour. «

(Après avoir lû, il dit :)

Les bienfaits de Darmant pour moi sont une offense ;
Mais de ceux d'un ami l'on ne doit pas rougir.
Que mon sort est heureux ! d'ici je vais sortir :
Oh ! j'y mourrais d'impatience.
Porte ces sacs dans mon appartement ;
Et dis à Robinson d'aller en diligence
Chercher un autre logement,
Pour vivre seuls dans l'ombre & le silence.

SCENE VIII.

LE MYLORD, ROBINSON, LA MARQUISE.

LA MARQUISE.

C'Est penser merveilleusement.
Vous voulez nous quitter : j'en décide autrement.
Vous paroissez surpris, Monsieur ?

LE MYLORD, *froidement.*

J'ai lieu de l'être.

LA MARQUISE.

Vous êtes un singulier être.
Quoi ! depuis un mois environ
Que vous logez dans la maison....

LE MYLORD.

C'est à mon grand regret.

LA MARQUISE.

On ne peut vous connoître !
Quatre ou cinq fois, je vous ai vû paroître :
Quatre ou cinq fois, vous avez dit deux mots
Encor placés mal à propos.

LE MYLORD.

J'en ai trop dit, Madame, & votre caractère
S'accorde mal, sans doute, avec le mien.
Je craindrois d'ennuyer.

LA MARQUISE.

Il ſe pourroit très-bien ;
Mais pour ſe rapprocher, ſe convenir, ſe plaire,
Fort ſouvent, il ne faut qu'un rien.
Vous avez ce qu'il faut pour être un homme aimable,
Et vous vous efforcez pour être inſoutenable !
Oh ! je vous entreprends...mais écoutez-moi donc,
Demeurez. Je le veux.

LE MYLORD.

Madame prend un ton...

LA MARQUISE.

Qui me convient, je ſuis femme & Françoiſe.

LE MYLORD, *regardant la Marquiſe avec un air d'intérêt.*

Tant pis.

LA MARQUISE.

Tant mieux. Cauſons, Mylord, ne vous déplaiſe.

LE MYLORD.

Je parle peu.

LA MARQUISE.

Je parlerai pour vous,
Et vous me répondrez, ſi vous pouvez.
(*Retenant le Mylord qui veut s'en aller.*)
Tout doux !

LE MYLORD.

Je réponds mal.

LA MARQUISE.

Eh ! bien, tout à votre aiſe ;
On ne ſe gêne point chez nous.

En qualité d homme qui pense,
Je ne crois pourtant pas que Monsieur se dispense
D'éclairer ma raison, mon cœur & mon esprit:
Vous êtes Philosophe, à ce que l'on m'a dit:
Communiquez un peu votre science.

LE MYLORD.

Je pense pour moi seul.

LA MARQUISE.

Ah! quelle inconséquence!
En vain le Sage réfléchit,
Si la Société n'en tire aucun profit;
On doit la cultiver pour elle, pour soi-même.
Eh! laissez-là vos songes creux;
La meilleure morale est de se rendre heureux.
On ne peut l'être seul avec votre systême.
Mon instinct me le dit, & mon cœur encor mieux.
La chaîne des besoins rapproche tous les hommes,
Le lien du plaisir les unit encor plus.
Ces nœuds si doux pour vous sont-ils rompus?
Pour être heureux, soyez ce que nous sommes.

LE MYLORD.

O ciel! à des travers on me verroit soumis!
Madame, excusez-moi; mais vous m'avez permis...

LA MARQUISE.

Eh! oui, de tout mon cœur j'excuse;
Ne nous ménagez pas, Monsieur, cela m'amuse.

LE MYLORD.

J'en suis charmé, Madame, & selon votre avis
Je dois me réformer, devenir sociable,
Renoncer au bon sens pour être un agréable.

LA MARQUISE.

Mais on gagne toujours à se rendre amusant.

LE MYLORD.

Suis-je fait pour être plaisant ?
Connaissez mieux l'Anglois, Madame ; son génie
Le porte à de plus grands objets.
Politique profond, occupé de projets,
Il prétend à l'honneur d'éclairer sa patrie.
Le moindre Citoyen, attentif à ses droits,
Voit les papiers publics, & régit l'Angleterre ;
Du Parlement compte les voix,
Juge de l'équité des Loix,
Prononce librement sur la paix ou la guerre,
Pese les intérêts des Rois,
Et, du fond d'un caffé, leur mesure la terre.

LA MARQUISE.

Vous êtes en cela plus plaisant mille fois :
Trop au-dessus de nous sont ces graves emplois.
Libres de tout soin inutile,
Nos heureux Citoyens respirent le repos :
La surface des mers voit agiter ses flots ;
Mais la profonde arène est constante & tranquille.
Jouissez comme nous.

LE MYLORD.

Mais d'un si doux loisir
Quel est le fruit ?

LA MARQUISE.

Le plaisir.

LE MYLORD.

Le plaisir !

J'entends, & si je veux vous plaire,
Il faut, comme j'ai dit, changer de caractère,
Jouer le rôle fatiguant
D'un joli petit-maître, & d'un fat élégant.
Ah! lorsque de penser on a pris l'habitude....

LA MARQUISE.

On est sot avec art, maussade avec étude.

LE MYLORD.

Il faut avoir l'esprit bien faux,
Pour se prêter à cette extravagance.

LA MARQUISE.

Je m'y prête bien, moi.

LE MYLORD.

La bonne conséquence.

LA MARQUISE.

Si vous vous arrêtez à ces légers défauts,
Vous n'êtes pas au bout. La liste en est très ample,
Nous avons mille originaux.
Je pourois vous citer ... moi, Monsieur, par exemple....

LE MYLORD.

Je ne m'attendois pas à cette bonne foi.

LA MARQUISE.

Je parois ridicule à vos yeux, je le voi;
Mais, tout considéré, quel est le ridicule?
Sous des traits différens dans le monde il circule;
Mais, au fond, quel est-il? une convention,
Un phantôme idéal, une prévention;
Il n'éxista jamais aux yeux d'un homme sage:

Se variant au gré de chaque nation,
Le ridicule appartient à l'usage :
L'usage est pour les mœurs, les habits, le langage ;
Mais je ne vois point les rapports
Qu'il peut avoir avec notre ame.
L'homme est homme partout : si la vertu l'enflamme,
C'est mon héros, je laisse les dehors.
Quoi ! toujours notre esprit fantasque
Ne jugera jamais l'homme que sur le masque !
Nous avons des défauts, chaque peuple a les siens.
Pourquoi s'attacher à des riens ?
Eh ! oui, des riens, des miseres, vous dis-je,
Qui ne méritent pas d'exciter votre humeur ;
C'est d'un vice réel qu'il faut qu'on se corrige,
Les écarts de l'esprit ne sont pas ceux du cœur.

LE MYLORD.

Comment ! vous êtes Philosophe !

LA MARQUISE, *gaiment.*

Moi ! je ne connois point les gens de cette étoffe
Ni ne veux les connoître, ils sont trop ennuyeux ;
Je cherche à m'amuser, cela me convient mieux.

LE MYLORD, *avec un peu d'humeur.*

Toujours l'amusement !

LA MARQUISE.

Oui, Mylord hypocondre ;
Je pourrois censurer les usages de Londre,
Comme vous attaquez nos goûts ;
Mais je ris simplement & de vous & de nous.
Que les Anglois soient tristes, misanthropes ;

Toujours avec nous contraſtés,
Cela ne me fait rien ; leurs ſombres enveloppes
N'offuſquent point d'ailleurs leurs bonnes qualités.
Ils ſont francs, généreux, braves ; je les eſtime.

LE MYLORD, *avec chaleur.*

Quoi ! Vous eſtimez les Anglois ?

LA MARQUISE.

Aſſurément ! ils ont une ame magnanime,
De l'honneur, des vertus, & je ſais d'eux des traits..

LE MYLORD.

Vous me charmez.

LA MARQUISE, *à part.*

Bon, ſon humeur s'appaiſe.

LE MYLORD.

Comment donc, vous penſez ?

LA MARQUISE.

Qui ? Moi ? Je n'en ſais rien.

LE MYLORD.

Ah ! vous me ſéduiriez ſi vous étiez Anglaiſe.
Je goûte dans votre entretien....

LA MARQUISE.

Je ne veux point penſer, Monſieur, c'eſt un ouvrage.
Ce que je dis, part de l'eſprit, du cœur,
De l'ame, dans l'inſtant, en vous laiſſant l'honneur
D'une prétention qui ne convient qu'au Sage.

LE MYLORD, *prenant la main de la Marquiſe.*

Vous en avez, Madame, un plus grand avantage.

LA MARQUISE.

Que faites-vous ? (*A part.*) Il est déconcerté.

LE MYLORD, *à part.*

Je demeure interdit ; je crois, en vérité,
Que mon cœur malgré moi...

LA MARQUISE, *à part.*

Cet essai m'encourage.
(*Haut.*) Mais je m'arrête ici, je pense qu'il est tard.

LE MYLORD, *l'arrêtant.*

Non, Madame.

LA MARQUISE.

Excusez, on m'attend autre part ;
Pour arranger un ballet agréable ;
C'est pour ce soir qu'on doit le préparer.
Vous seriez un homme adorable,
Si vous vouliez y figurer.

LE MYLORD.

Vous vous moquez, je pense, ou c'est mal me connoître.

LA MARQUISE.

Pourquoi me refuser quand vous pouvez en être ?
Cessez de chercher des raisons
Pour nourrir chaque jour votre mélancolie.
Vous pensez, & nous jouissons.
Laissez là, croyez-moi, votre Philosophie.
Elle dônne le spleene, elle endurcit les cœurs :
Notre gaité, que vous nommez folie,
Nuance notre esprit de riantes couleurs,
Par un charme qui se varie :

Elle orne la raiſon, elle adoucit les mœurs ;
C'eſt un printemps qui fait naître les fleurs
Sur les épines de la vie.

LE MYLORD, *à part.*

Je riſque trop à l'écouter,
Je ferai mieux de l'éviter.
(*On entend le ſon des tambourins.*)
Qu'entends-je encor ! quel affreux tintamarre !

SCENE IX.

LE MYLORD, LA MARQUISE, UN BORDELOIS.

LE BORDELOIS.

Marquise, eh ! donc, nous allons répéter?

LE MYLORD, *à part.*

Où fuir ?

LA MARQUISE.

N'allez pas nous quitter.

LE MYLORD.

Vous me ferez mourir.

LA MARQUISE.

Vous êtes bien bizarre.

LE BORDELOIS.

Lé Mylord eſt des nôtres.

LA MARQUISE.

Oui.
Vraiment, je compte bien ſur lui.

LE MYLORD.

Epargnez-moi, je vous ſupplie.

LE BORDELOIS.

Monſé danſe lé munuet?

LE MYLORD.

Eh! je n'ai danſé de ma vie.

LE BORDELOIS.

En deux ou trois léçons nous vous rendrons parfait.

LE MYLORD.

Morbleu!

LA MARQUISE.

Diſſimulez votre miſanthropie.
(*Bas au Mylord.*) (*Au Bordelois.*)
Vous vous deshonorez. Allez, je vous rejoins.

SCENE X.

LE MYLORD, LA MARQUISE.

LA MARQUISE.

RENDEZ-VOUS digne de mes ſoins.
Une heure ou deux je veux bien faire treve;
Après cela, je vous enleve.

Point de refus, ou bien vous me déplairiez fort;
Je vous en avertis. Adieu mon cher Mylord.
Si nous extravaguons, le plaisir nous excuse:
Bien fou qui s'en afflige, heureux qui s'en amuse.

SCENE XI.

LE MYLORD, *seul.*

M'EN voilà quitte par bonheur.
Mais je ne devois pas lui marquer tant d'aigreur;
Car malgré son inconséquence,
Je m'apperçois qu'elle a bon cœur,
Et sans qu'elle y songe, elle pense.
Oui, je la jugeois mal, & je sens mon erreur.
Allons, allons, Mylord, il faut que tu t'appaises;
Fais effort sur toi-même, & pardonne aux Françoises.
On peut s'y faire... Ah! j'apperçois Darmant,
Et sa présence est un tourment.

SCENE XII.

LE MYLORD, DARMANT.

DARMANT.

MYLORD, je vous annonce une heureuse nouvelle.
C'est votre intérêt seul...

LE MYLORD.

Abrégeons. Quelle est-elle ?

DARMANT.

Nous allons renvoyer des prisonniers Anglois
Pour pareil nombre de François ;
Je vous ai fait, Mylord, comprendre dans l'échange ;
J'ai tant sollicité...

LE MYLORD.

Vous en ai-je prié ?

DARMANT.

Je cherche à vous servir.

LE MYLORD, *à part.*

Cet homme est bien étrange !

DARMANT.

Quoi ! mon empressement....

LE MYLORD.

M'a trop humilié :
Je ne veux rien devoir qu'à ma Nation même.
M'obliger malgré moi !

DARMANT.

Quoi ! toujours dans l'extrême,
Vous ne prêtez à tout que de ſombres couleurs !

LE MYLORD.

J'ai fait des dépêches pour Londre :
Si la fortune à mes vœux peut répondre,
Je trouverai ſans vous la fin de mes malheurs ;
Je reſte en attendant.

DARMANT, *à part.*

Me voilà plus tranquille.
Avec regret je l'aurois vû partir.
(*Haut.*)
Ma maiſon eſt à vous.

LE MYLORD, *avec un ſoupir étouffé.*

Non, non ; j'en dois ſortir.

DARMANT.

Pourquoi chercher un autre aſile ?
Qui pourroit ici vous troubler ?
A-t-on manqué d'égards ?...

LE MYLORD.

C'eſt trop m'en accabler.

DARMANT.

Vous ne me rendez pas juſtice.
(*A part.*)
Auroit-il ſoupçonné mon amour pour Clarice ?
(*Haut.*)
Quelque nouveau ſujet excite votre aigreur ?
Ah ! je ſçais ce que c'eſt ; vous avez vû ma ſœur.
Ses airs évaporés & ſa tête légere....

LE MYLORD.

(*A part.*) Veut-il interroger mon cœur?

DARMANT.

Oui, je conçois qu'elle a pû vous déplaire.

LE MYLORD.

A quoi bon votre sœur ? Je l'excuse aisément ;
Elle est d'un sexe...

DARMANT.

Oui, mais son caractère...

LE MYLORD.

M'en suis-je plaint ?

DARMANT.

Non ; poliment...

LE MYLORD.

Je ne suis point poli.

DARMANT.

Sachez que son systême
Est de vous consoler, de vous rendre à vous-même.
Si je ne l'arrêtois, Monsieur, journellement
Vous seriez obsedé.

LE MYLORD.

Monsieur, laissez-la faire.

DARMANT.

Non, je lui vais défendre expressément
De vous revoir.

LE MYLORD, *à part.*

Ah ! quel acharnement !

DARMANT.

Je cours pour l'avertir...

LE MYLORD.

Il n'est pas nécessaire.

DARMANT.

Mais je dois réprimer l'indiscrette chaleur....

LE MYLORD.

Je sais ce que j'en pense, il suffit ; serviteur.

DARMANT.

Je n'ai qu'un mot, après quoi je vous laisse.
J'aurois été jaloux d'avoir votre amitié ;
Mais je n'espere plus que votre haine cesse :
Du moins un peu d'estime, & je suis trop payé.

LE MYLORD.

Eh ! malgré moi, Monsieur, vous avez mon estime.
Je suis votre ennemi, mais sans vous mépriser.
Je ne suis point injuste, & ne puis refuser
Ce qui me paroit légitime.
Mais pour mon amitié, ne l'esperez jamais.
Dans ces tems de discorde, entre Anglois & François,
Toute liaison est un crime :
De sa patrie on doit prendre l'esprit ;
Qui s'en écarte, la trahit.

DARMANT.

Imitez donc votre patrie ;
Et des préventions dont votre ame est nourrie,
Connoissez enfin les erreurs.
Nous allons voir cesser les fléaux de la guerre.
La paix doit réunir la France & l'Angleterre,
Et nous allons bientôt jouir de ses douceurs.

LE MYLORD.

La paix ! la paix ! quelle chimere !
On ne peut jamais l'esperer.
Des intérêts puissans doivent nous séparer.

SCENE XIII.

LE MYLORD, UN VALET.

UN VALET.

MYLORD, un Anglois vous demande.

LE MYLORD.

Un Anglois ! un Anglois ! qu'il entre, & promptement.

SCENE XIV.

LE MYLORD, DARMANT, SUDMER.

SUDMER, *gaiment & avec vivacité.*

VIVE, vive, Mylord ! ah ! quel heureux moment !
Je vous retrouve & ma joie est si grande...

LE MYLORD.

C'est vous, mon cher Sudmer !

SUDMER

C'est moi, certainement.

DARMANT, *avec étonnement.*

Sudmer ! ah ! quel évenement !

SUDMER, *considerant Darmant.*

Mais c'est vous-même aussi, je pense.
C'est vous, voilà vos traits ; je rends grace au hazard.
Cher Mylord, attendez.

LE MYLORD.

D'où vient donc cet écart ?

SUDMER.

Le premier des devoirs est la reconnoissance.
(*A Darmant.*)
Le sort en cet instant a rempli mon espoir.

DARMANT.

Monsieur, je n'ai jamais eu l'honneur de vous voir.

SUDMER.

Je suis assez heureux, moi, pour vous reconnoître.

DARMANT.

Mais je n'ai point d'idée....

SUDMER.

Aucune ?

DARMANT.

Point du tout.

SUDMER.

Je ne me trompe point ; & j'y crois encore être.

LE MYLORD.

(*A part.*) Cet accueil n'est pas de mon goût.
(*Darmant veut se retirer.*)

SUDMER.

Ne vous en allez pas.

DARMANT.

Mais je dois par prudence...

SUDMER.

Vous n'êtes pas de trop, cedez à mon instance,
Et songez que mes sentimens...
(*Au Mylord, en lui montrant Darmant.*)
C'est un homme des plus charmans,
C'est un homme d'espece unique.

LE MYLORD.

Charmant! charmant! parbleu, pour des êtres pensans,
Voilà, sans doute, un beau panégyrique!

SUDMER.

Qu'entendez-vous?

LE MYLORD.

Cela s'entend sans qu'on l'explique.
Un homme n'est jamais charmant en bonne part,
Et lorsqu'à la raison on veut avoir égard....

SUDMER.

Je ne vois point à quoi cela s'applique.
(*A Darmant.*)
Remettez-vous aussi mes traits;
Rappellez-vous que je vous dois la vie.
Vous changeates pour moi la fortune ennemie.
(*Montrant son cœur.*)
Voilà le livre où sont écrits tous les bienfaits.
Vous êtes mon ami, du moins je suis le vôtre;
C'est par vos procédés que vous m'avez lié.
Je m'en souviens, vous l'avez oublié:

Nous faisons notre change en cela l'un & l'autre.

DARMANT.

Mais vous vous méprenez, Monsieur.

SUDMER.

Moi, point du tout ; moi, jamais me méprendre
Quand la reconnoissance en moi se fait entendre
Et m'offre mon libérateur.
Le sentiment me donne des lumieres ;
Pour reconnoître un bienfaiteur,
Les yeux ne sont point nécessaires :
Je suis toujours averti par mon cœur.

DARMANT.

Ah ! je vois à peu près ce que vous voulez dire.

LE MYLORD.

Moi, je ne le vois pas.

SUDMER.

Je vais vous en instruire.
Nous devons publier les belles actions :
Je montois un vaisseau de trente-huit canons,
Je fus, près d'une côte, accueilli d'un orage,
Terrible, violent beaucoup :
J'étois prêt à faire naufrage,
Et les François avoient de quoi faire un beau coup.
Aussi, Monsieur, en homme sage,
Lorsque les vents furent calmés,
En tira-t-il un très-grand avantage;
Et nous voyant démâtés, désarmés,
» Je pourrois, me dit-il, prendre votre équipage ;
» Mais, pour en profiter, je suis trop généreux ;
» On n'est plus ennemi lorsqu'on est malheureux.

Bref, il me ſoulagea, m'obligea de ſa bourſe,
Me rendit mes effets avec la liberté :
Les bienfaits, de ſon cœur, couloient comme une ſource.
Peut-on trop admirer ſa généroſité ?

LE MYLORD, *avec humeur.*

Tout bienfait, avec lui, porte ſa récompenſe ;
On agit pour ſoi-même en agiſſant ainſi.
(*Bas à Sudmer.*)
Je ſuis forcé de l'admirer auſſi :
Mais ſans tirer à conſéquence.

DARMANT.

Jugez la Nation avec plus d'équité.
Comme François, mon premier appanage
Conſiſte dans l'humanité.
Mes ennemis ſont-ils dans la proſperité :
Je les combats avec courage.
Tombent-ils dans l'adverſité :
Ils ſont hommes, je les ſoulage.

SUDMER.

Eh ! c'eſt ainſi qu'on penſe avec un cœur loyal.
Je ne décide point entre Rome & Carthage :
Soyons humains ; voilà le principal.

LE MYLORD.

Vous n'êtes pas Anglois.

SUDMER.

Je ſuis plus ; je ſuis homme.
Qu'avez-vous contre lui ? Cette froideur m'aſſomme :
Eſclave né d'un goût national,
Vous êtes toujours partial.

N'admettez plus des maximes contraires ;
Et, comme moi, voyez d'un œil égal
Tous les hommes qui ſont vos freres.
J'ai déteſté toujours un préjugé fatal.
Quoi ! parce qu'on habite un autre coin de terre,
Il faut ſe déchirer, & ſe faire la guerre !
Tendons tous au bien général.
Crois-moi, Mylord, j'ai parcouru le Monde.
Je ne connois ſur la machine ronde
Rien que deux peuples differens ;
Savoir, les hommes bons & les hommes méchans.
Je trouve partout ma patrie
Où je trouve d'honnêtes gens ;
En Cochinchine, en Barbarie,
Chez les Sauvages même : allons, ſoyons unis ;
Embraſſons-nous comme trois bons amis.
(*A Darmant.*)
Vous ſerez de ma nôce, au moins ?

DARMANT.

Quoi ?

SUDMER.

Je l'exige.
Je vais me marier avec un vrai prodige,
Fille aimable, dit-on, & qui me plaira fort :
Je m'apprête à l'aimer. Quoi ! cela vous afflige ?

DARMANT.

Moi, je partage votre ſort.

SUDMER.

Point de partage, je vous prie,
Surtout ſi la fille eſt jolie.

DARMANT.

Je reſpecte les nœuds dont vous ſerez unis.

LE MYLORD.

Ma fille, de ce mariage,
Sans doute, ſentira le prix ;
Je vais, ſans tarder d'avantage ;
La préparer, en des inſtans ſi doux,
Sur l'honneur qu'elle aura de s'unir avec vous.

SCENE XV.

SUDMER, DARMANT.

SUDMER.

Vous connoiſſez l'objet qu'on me deſtine ?
Hein ? Mais, mon cher François, qu'eſt-ce qui vous chagrine ?
Morbleu ! ſeriez-vous mon rival ?
Comment ? Cela m'eſt bien égal ;
Mais je veux ſavoir tout à l'heure...

DARMANT.

Monſieur, ſur ce ſujet ne m'interrogez point.

SUDMER.

Ma future chez vous demeure,
Et je veux m'éclaircir d'un point.

DARMANT.

Monſieur, quoi qu'il en ſoit, vous n'avez rien à craindre.

Clarice eſt adorable, & je pourrois l'aimer,
Sans que vous euſſiez à vous plaindre.
(*A part.*) Tâchons encor de me calmer.

SUDMER.

Cependant je remarque un trouble.
Hein? Parlez, hein? Son embarras redouble.

DARMANT.

C'en eſt aſſez. Adieu, Monſieur.
Jouiſſez de votre bonheur,
Et de mes ſentimens n'ayez aucun ombrage.
On peut aimer Clarice, on peut s'en faire honneur:
Je ne vous dis rien d'avantage.

SCENE XVI.

SUDMER, *ſeul.*

C'Eſt parler fierement; je prétends découvrir...
J'ai des ſoupçons qu'il faut que j'éclairciſſe.
Ah! j'apperçois Mylord, & ſans doute Clarice.
Examinons un peu comme je dois agir.
On ne m'a point trompé: je la trouve fort belle,
Belle certainement!

SCENE XVII.

LE MYLORD, CLARICE, SUDMER.

SUDMER.

Bon jour, Mademoiselle.
Je suis Sudmer pour vous servir,
Et je viens remplir votre attente ;
Oui, oui, ma belle enfant, je vous épouserai ;
Je dis plus, je sens bien que je vous aimerai :
(*Au Mylord.*)
Autrement j'aurois tort. Je la trouve charmante.

CLARICE.

Monsieur.

SUDMER.

Reste à savoir si je vous conviendrai.
M'aimerez-vous aussi ?

CLARICE.

Mais, Monsieur, je l'espere.
Les volontés du Mylord sont des loix.
La générosité de votre caractère,
Vos nobles procédés font honneur à son choix ;
Et les vertus, sur mon cœur, ont des droits
Préférables à l'amour même.
Lorsque de la raison on écoute a voix,
On estime du moins en attendant qu'on aime.

SUDMER.

Oh ! je suis votre serviteur.

En attendant ! c'eſt bon pour qui pourroit attendre.
Mylord, je ſuis preſſé ; vous avez un vieux gendre
Qui n'a pas un inſtant à perdre, par malheur.
Je ne crois pas que l'amour, à mon âge,
Parle beaucoup en ma faveur ;
C'eſt un arrangement que notre mariage.
Notre intérêt commun en aura tout l'honneur :
Cela ne ſuffit pas ; je crois qu'elle eſt fort ſage :
Mais il ſe peut qu'un autre objet l'engage.

CLARICE.

En tout cas, je ſaurois commander à mon cœur.

SUDMER.

Bon ! voilà le même langage
Que vient de me tenir Darmant.

LE MYLORD.

Darmant !

SUDMER.

Elle rougit, & je vois clairement....
N'eſt-il pas vrai, chere future ?
Il ſe pourroit par aventure....
Hein ?

LE MYLORD.

Sudmer, de pareils ſoupçons....

SUDMER.

Pour demander cela, Mylord, j'ai mes raiſons.

LE MYLORD.

Mais Darmant eſt François, & ma fille eſt Angloiſe ;
Elle ne peut l'aimer.

SUDMER.

Conſéquence mauvaiſe ;

Les

Les François ont toujours l'art de se faire aimer.
Je les connois pour gens fort agréables,
Et qui plus est encor, fort estimables;
Il est tout naturel de s'en laisser charmer.

LE MYLORD.

Je sais comme ma fille pense,
Je réponds de son cœur : oui, la reconnoissance
Qu'elle sent, comme moi, de vos rares bienfaits,
Doit l'attacher à vous tendrement pour jamais.

SUDMER.

Que parlez-vous de bienfaits, je vous prie?

CLARICE.

Si ma main doit payer ces généreux secours....

SUDMER.

Je ne vous entends point, & je n'ai de mes jours...

LE MYLORD.

Vous-même m'écrivez?

SUDMER.

Point de plaisanterie.

LE MYLORD.

Moi, plaisanter!

SUDMER.

Vous êtes fou, Mylord,
C'est depuis quelques jours que je sais votre sort.

LE MYLORD.

Mais cependant la chose est sûre,
Et votre lettre que voici;
Tenez.

SUDMER.

Que veut dire ceci?
Ce n'est point là mon écriture.

LE MYLORD.

Je le sais bien ; mais votre bras cassé. . .

SUDMER.

Je n'ai pas eu le bras cassé.

LE MYLORD.

Qu'entends-je ?

SUDMER.

Certainement, vous n'êtes pas sensé.

LE MYLORD.

Mais lisez-donc, lisez. (*A part.*) Sa tête se dérange.

CLARICE.

Assurément, je l'ai déjà pensé.

SUDMER.

Je suis dans un courroux extrême.
Comment ! quelqu'un a pris mon nom
Pour faire une bonne action,
Que j'aurois pû faire moi-même ?
Morbleu ! c'est une trahison
Dont je prétends avoir raison.
Et vous avez reçu la somme ? . . .

LE MYLORD.

Oui, d'un banquier.

SUDMER.

Nommé ?

LE MYLORD.

Monsieur Argant.

SUDMER.

Il loge ?

LE MYLORD.

Près d'ici.

SUDMER.

Je vais trouver cet homme ;
J'en aurai le cœur net ; je reviens à l'instant.

SCENE XVIII.

LE MYLORD, CLARICE.

LE MYLORD.

Tout cela me paroît étrange !
D'où peut venir cette lettre de change,
Et ces autres effets que j'ai déjà reçus ?
Ce n'eſt pas de Sudmer ! je demeure confus.
Si ce n'eſt pas de lui, c'eſt d'un compatriote,
Qui veut m'obliger en ſecret.
Tel eſt l'Anglois, il cache le bienfait ;
Exactement j'en conſerve la note,
Pour m'acquitter de celui qu'on m'a fait ;
Pour un homme d'honneur, c'eſt le plus grand regret
Que de manquer à la reconnoiſſance,
Et payer un ſervice eſt une jouiſſance.
Je ferai tant que nous ſerons au fait.
Ah ! çà, venons à vous, ma fille :
Sudmer, par ſes grands biens, releve ma famille ;
Il vous fait un état certain ;
Vous ne repugnez pas à lui donner la main ?

CLARICE.

Je dois vous obéir.

LE MYLORD.

Vous ſoupirez, Clarice.

CLARICE.

ui, mon pere, il est vrai.

LE MYLORD.

Parlez sans artifice,
Parlez avec sincerité.
Ne dissimulez rien.

CLARICE.

M'en croyez-vous capable ?
Je ne sais point trahir la vérité,
Et qui dissimule est coupable.
Je n'ai rien dans mon cœur que je doive cacher
Aux yeux indulgens de mon pere.
Est-il quelque secret, est-il quelque mystere
Que dans son sein je ne puisse épancher ?

LE MYLORD.

A mes desseins vous verrois-je contraire ?

CLARICE.

Non, je veux me soumettre à votre volonté :
En Angleterre un cœur n'est point esclave ;
Le pouvoir paternel est chez nous limité.
Mais ne soupçonnez pas que jamais je le brave.
Périsse cette liberté
Qui des parens détruit l'autorité.
Ah ! je le sens, un pere est toujours pere.
Sur des enfans bien nés il conserve ses droits,
Quand le devoir en nous grave son caractère,
Rien ne peut effacer cette empreinte si chere.
En vain la liberté veut élever sa voix,
Et dans nos cœurs exciter le murmure ;
La loi nous émancipe, & jamais la Nature.

LE MYLORD.

Vous pensez bien ; mais, dites-moi,

Où nous conduit cet étalage ?
Sudmer, vous déplait-il ?

CLARICE.

Non, mon pere, mais...

LE MYLORD.

Quoi

CLARICE.

J'épouserai Sudmer, si c'est votre avantage.

LE MYLORD.

J'ai donné ma parole.

CLARICE.

Il aura donc ma foi.
Mais un autre a mon cœur.

LE MYLORD.

Expliquez ce langage ;
Epouser celui-ci, pour aimer celui-là !
Vous vous formez, ma fille, & j'apperçois déjà
Que de ce pays-ci vous adoptez l'usage.
S'il vous plait, rien de tout cela.
Quel est le nom du personnnage ? ...
Dites-le moi.

CLARICE.

J'en aurai le courage.
Malgré moi mon cœur s'est soumis.
Les vertus d'un François.....

LE MYLORD.

Un de nos ennemis ?

CLARICE.

Il ne l'est point ; c'est Darmant, c'est lui-même.

LE MYLORD.

Qu'ai-je entendu ? Ma surprise est extrême.
Je vois quel est le but de ses empressemens.

CLARICE.

Arrêtez. Vos soupçons seroient trop offensans.
Rien ne m'a jusqu'ici fait connoitre qu'il m'aime ;
L'estime, le respect sont les seuls sentimens
Qu'il ait osé faire paroître.
Rien aussi de ma part n'a pû faire connoître
Le trouble secret de mes sens.

LE MYLORD.

A la bonne heure. Eh ! bien, puisque je suis le maître,
Vous aimerez Sudmer, & je l'ai décidé.
Songez-y bien ; j'ai commandé.

SCENE XIX.

LE MYLORD, SUDMER, CLARICE.

SUDMER.

MA foi ! moi n'y puis rien comprendre
J'ai vû votre banquier, votre donneur d'argent ;
Il m'a reçu d'un air fort obligeant.

Mais il bat la campagne, & n'a pû rien m'apprendre.
Il m'a dit seulement qu'en cette maison-ci,
Par un valet Anglois je serois éclairci.

LE MYLORD.

C'est mon valet, sans doute.

SUDMER.

Il peut donc nous instruire.

LE MYLORD.

Robinson !

SCENE XX.

LE MYLORD, SUDMER, CLARICE, ROBINSON.

ROBINSON.

Mylord !

LE MYLORD.

Viens ici.
Il faut tout à l'heure me dire
D'où vient l'argent que tu m'as apporté :
Ne cache point la vérité ;
Tu sais, dit-on, tout le mystère.

ROBINSON.

Mylord, c'est d'un de vos amis.

LE MYLORD.

De Sudmer ?

ROBINSON

Oui, la chose est claire,

SUDMER.

De moi, Maraud, de moi !

ROBINSON, *à part.*

Me voilà pris.

SUDMER.

Je te surprends en menterie ;
C'est moi qui suis Sudmer.

ROBINSON.

Monsieur, j'en suis charmé.
Comment vous portez-vous ?

SUDMER.

Qui peut avoir tramé
Une pareille fourberie ?
Coquin ! j'ai donc le bras cassé ?
Oh ! je te ferai voir...

ROBINSON.

Doucement, je vous prie.
Quoi ! ce n'est donc pas vous dont le cœur bien placé....

SUDMER.

on, non, certainement.

ROBINSON.

Eh ! bien, c'est donc un autre.

SUDMER.

ui donc a pris mon nom ?

ROBINSON.

Un nom tel que le vôtre
Doit faire honneur à l'amitié.

LE MYLORD.

De ce complot, le traitre eſt de moitié !
Déclare vîte, ou je t'aſſomme.

ROBINSON.

Vous m'allez ruiner.

LE MYLORD.

Comment ?

ROBINSON.

Oui, c'eſt un fait.
De tems en tems, je reçois quelque ſomme
Pour m'engager à garder le ſecret.

LE MYLORD.

Ah ! tu connois donc ?

ROBINSON.

Oui, c'eſt un fort honnête homme,
Qui veut vous obliger, & ſans être connu.
Vous ſavez bien, Mylord, que je ſuis ingénu.
Il m'a ſéduit, & pour lui plaire,
Robinſon eſt fourbe & fauſſaire.
Oui, c'eſt de moi que vient toute l'invention ;
Mais c'étoit, je proteſte, à bonne intention.

LE MYLORD.

En un mot, quel eſt-il ?

ROBINSON.

Eh ! bien, c'eſt, c'eſt... notre hôte.

LE MYLORD.

Darmant !

CLARICE.

Darmant !

LE MYLORD.

L'auteur d'une telle action !
Ah ! malheureux !

ROBINSON.

Je reconnois ma faute.

LE MYLORD.

Tu mérites punition.
Ecoute, aimeroit-il ma fille ?

ROBINSON.

Oh ! point du tout, Mylord ; il n'oseroit.
C'est générosité toute pure qui brille,
Dans ce que pour vous il a fait.

LE MYLORD.

Vous, Clarice, êtes-vous instruite ?

CLARICE.

Non, je vous jure, & je suis interdite.

LE MYLORD.

Je ne comprens rien à cela !
En vérité, son procédé m'étonne !

SUDMER.

Moi, point m'en étonner ; je le reconnois là :
Et d'avoir pris mon nom, très-fort je lui pardonne.

LE MYLORD, *à Robinson.*

Je te fais grace ; mais ne lui parle de rien.

SCENE XXI.

Les Acteurs précédens, LA MARQUISE, DARMANT.

LA MARQUISE.

La Paix est sûre, elle est ratifiée.
Je me fais un plaisir de la voir publiée.
La Paix ! ce mot seul fait du bien :
Elle est de l'Univers le plus tendre lien :
La foule avec transport inonde chaque rue,
Sans être coudoyé, l'on ne peut faire un pas,
Sans se connoître on se salue,
On parle, on s'interrompt, on ne se répond pas ;
La joie en tous lieux répandue,
En animant les cœurs, égale les états.

CLARICE.

Ce spectacle est charmant, j'en serois attendrie.

LA MARQUISE.

Je viens vous chercher tout exprès,
Pour que vous & Mylord examiniez de près
Le pouvoir qu'a sur nous l'amour de la Patrie.
Le vrai contentement déride tous les traits :
La brillante gaité, ce fard de la Nature,
Rajeunit les Vieillards, leur donnne un air plus frais;
D'un coloris si doux la teinte vive & pure

Partout imprime ses attraits ;
C'est le bonheur qui fournit la peinture.
Et le plaisir de l'âme embellit les plus laids.
La Marchande dans sa boutique
Etale ses colifichets,
Répéte à tout moment, la Paix, la Paix, la Paix !
De Messieurs les Anglois j'aurai donc la pratique :
Et sa petite fille, avec un air comique,
Dit : ah ! Maman, comment c'est-il fait, un Anglois ?
On rencontre plus loin des chansonniers bien ivres,
Raclant du violon & braillant des couplets,
Bons, excellens, quoique mauvais,
Et qui surpassent de gros Livres,
Parce que le cœur les a faits.
En un mot, vous verrez que nous autres François,
Notre plus grand plaisir est d'adorer nos Maîtres ;
C'est l'Amour qui prend soin d'éclairer nos fenêtres.
Le sentiment, voilà notre premiere loi :
Eh ! qui l'éprouve plus que moi ?
Je danserai la nuit entiere :
Je donnerai le ton, & serai la premiere
A bien crier, vive le Roi !

LE MYLORD.

Vous m'enchantez, Madame la Marquise :
De mon esprit chagrin vous changez la couleur ;
Je sens que la gaité, qui vous caractérise,
Ne peut se rencontrer qu'avec un très-bon cœur.
Darmant, nos Nations sont reconciliées :
Par vos traits généreux vous m'avez corrigé ;

Et l'amitié surmonte enfin le préjugé :
Que par cette amitié nos maisons soient liées.

DARMANT.

Ah ! Mylord, je vous suis attaché pour jamais.

LE MYLORD.

Ces secours détournés qu'avec tant de noblesse
Vous m'avez sû fournir par des moyens secrets,
Pour ne point faire ombrage à ma délicatesse,
Je les acquitterai bientôt grace à la Paix :
Mais mon cœur en paîra toujours les intérêts.

DARMANT.

Daignez me regarder comme de la Famille.

LE MYLORD.

Monsieur, pour vous marquer combien vous m'êtes cher,
Vous signerez le contrat de ma Fille,
Que, dès ce soir, je marie à Sudmer.

LA MARQUISE, *riant.*

A cette faveur-là mon frere est bien sensible.

DARMANT, *à part.*

O Ciel !

LE MYLORD.

Darmant soupire, & la Marquise rit !
Mais cela n'est pourtant ni triste, ni risible.

LA MARQUISE.

Mais c'est que mon cher frere est sot, sans contredit :
Je m'y connois ; tenez, admirez la statue !

DARMANT, *à part.*

Ma sœur.

SUDMER.

Mais en effet, lui paroître interdit.

LA MARQUISE.

C'est qu'il est amoureux de votre Prétendue ;
Mais grave soupirant, discret, silencieux,
Le respect a toujours étouffé sa parole,
Et tristement comme une idole,
Son amour n'a jamais parlé que par ses yeux.

SUDMER.

Mylord, je pourrois faire une grande sottise
D'épouser votre fille : elle est fort à ma guise ;
Mais, Monsieur, pourroit bien être à la sienne aussi
Un petit peu, n'est-ce pas ? Hein ? Je pense,
Et je vois que, dans tout ceci,
Mon rival doit, au fond, avoir la préférence.
Sous mon nom il a sçu saisir l'occasion
D'avoir pour vous, Mylord, un procédé fort bon :
Si je deviens le mari de Clarice :
Il est homme, peut-être, à rendre encor service :
Je suis accoutumé d'être son prête-nom.

LE MYLORD.

Darmant, je vous prends pour mon gendre.

CLARICE.

Ah ! mon pere.

DARMANT.

Ah ! Monsieur, en cet heureux instant,
Que j'ai de graces à vous rendre !
Je suis de l'Univers l'homme le plus content.

SUDMER.

Cette alliance est fort bien assortie.

DARMANT.

Ma sœur, en même-tems, devroit
Consentir à vous être unie;
Ce double hymen ne laisseroit
Aucun soupçon d'antipathie.

LA MARQUISE.

Je craindrois que Mylord ne fut triste & jaloux.

LE MYLORD.

La proposition, il est vrai, m'intimide;
Mais cependant, Madame, croyez-vous
Qu'une Françoise, ayant l'esprit vif & rapide,
Puisse y joindre en effet, par un accord bien doux,
Un caractere assez solide
Pour faire constamment le bonheur d'un époux?

LA MARQUISE.

Avant que de répondre, en faisant mon éloge,
Souffrez, de mon côté, que je vous interroge.
Croyez-vous qu'un Anglois, qui toujours réfléchit,
En prenant une femme aimable & vertueuse,
Ait assez de douceur, de liant dans l'esprit
Pour la rendre constante en la rendant heureuse;
Pour qu'elle s'applaudisse, enfin, d'être avec lui?
On ne peut guère avoir une femme fidelle,
Qu'en attirant l'amusement chez elle.
Le manque de vertu vient quelquefois d'ennui.

LE MYLORD.

Marquiſe, courons-en les riſques l'un & l'autre;
Vous verrez un amant dans un époux ſoumis,
Et quand la Paix confond ma Patrie & la vôtre,
Tous mes préjugés ſont détruits.

SUDMER.

Daignez, mon cher Darmant, en cette circonſtance,
Me ſoulager du poids de la reconnoiſſance:
Je ſens que je ſuis vieux, je me vois de grands biens;
Je n'ai point d'héritier, ſoyez tous deux les miens...
Point de remercimens, ce ſeroit une offenſe.
Si je vous ſçais heureux, mes amis, c'eſt aſſez:
C'eſt vous, c'eſt vous qui me récompenſez;
Mais j'entends retentir les cris de l'allegreſſe:
Courons tous: le plaiſir du cœur
S'augmente encor par le commun bonheur.

LA MARQUISE.

Mylord, j'en pleure de tendreſſe;
Le courage & l'honneur rapprochent les pays;
Et deux Peuples égaux en vertus, en lumieres,
De leurs diviſions renverſent les barrieres,
Pour demeurer toujours amis.

DIVERTISSEMENT.

DIVERTISSEMENT.

On entend une Symphonie & des acclamations qui annoncent une Fête publique.

Le Théâtre représente la vue du Port de Bordeaux. On voit des Vaisseaux ornés de Guirlandes & de Banderoles. Des Peuples de différentes Nations exécutent une Fête. Anglois, François, Espagnols, Cantabres, Portugais, &c. caractérisés par des habits Pittoresques, composent diverses danses variées à la mode de leur pays, au bruit des salves d'Artillerie. On chante ; toutes les Nations s'embrassent ; la Fête se termine par un Ballet général.

RONDE.

FIN
la Paix : Ce jour est le jour des bien-faits.
Nos maux fi- nissent, Nos cœurs s'u- nissent,
Vivons en freres : Ja- mais de guerres :
Que le Fran-çois devienne Anglois ; Et l'An-
Mineur.
glois, Fran- çois. Au Chœur. Par nos ac-
cords, Par nos transports, Nous donnons un é-
xemple au Monde : Peuples di- vers : De

l'U-ni- -vers, Ve-nez dan- ser en Ron-
de. Au Chœur. Nous a- vous é- touffé la
haine ; une é- gale ardeur nous en- traîne.
Embrassons-nous ; Embrassons- nous ; Le même
nœud nous u- nit tous. Formons u- ne
chaîne Qui dure à ja- mais. Au Chœur.

VAUDEVILLE.

VOici le jour de l'alle- greſſe, Le plus beau

de nos jours; Plus de ſou- cis, plus de triſ-

teſſe: Regnez, Plai-ſirs, A-mours; Chacun ré-

pete a-vec i- vreſſe Ce mot ſi cher, ſi

plein d'at-traits: La Paix, la Paix; La

Paix, la Paix.

Gens à Manteau, Gens de Finance,
Nous gémiſſons pour vous;
Nos Officiers par leur préſence
Vont vous éloigner tous :
Le mal n'eſt pas ſi grand qu'on penſe :
Si vous voulez être diſcrets,
Eh ! Paix, Paix, Paix !
La Paix, la Paix.

Ne ſoyez plus, Sageſſe auſtere,
En guerre avec l'Amour,
C'eſt un enfant, laiſſez-le faire :
Paſſons-lui quelque tour.
Eſt-ce le tems d'être ſévere,
S'il lance en cachette ſes traits ?
Eh ! Paix, &c.

Accourez tous près de vos Belles,
Volez, Guerriers, Amans,
Elles vous ſont toujours fidelles,
Croyez-en leurs ſermens :
Conſolez donc vos Tourterelles;
Mais ſans demander leurs ſecrets.
Eh ! Paix, &c.

Laissons la fraude & l'artifice ;
Terminons tous procès ;
Venez ici Gens de Justice,
Et suspendez vos frais.
Pour que chacun se réjouisse ;
Avocats, laissez le Palais :
Eh ! Paix, &c.

Pourquoi toujours s'entredétruire ;
Sçavans & beaux esprits,
Tout céderoit à votre empire,
Si vous étiez unis :
Vous vous livrez à la satyre,
N'avez-vous pas d'autres objets ?
Chantez la Paix,
Chantez la Paix.

Un mari, pour une grisette ;
Néglige sa moitié :
Sa femme, tant soit peu coquette ;
A fait une amitié.
De part & d'autre l'on se prête,
On n'approfondit point les faits,
Eh ! Paix, &c.

LE MYLORD, *à la Marquise.*

Plus entre nous d'antipathie :
Vous avez trop d'attraits.
Toute raiſon n'eſt que folie,
Quand elle eſt dans l'excès.
Femme d'eſprit, femme jolie
Ramene à des principes vrais.
Allons, la Paix, &c.

Faiſons revivre l'harmonie
Du commerce & des arts ;
Et que la paix toujours chérie
Regne de toutes parts.
Ne faites plus qu'une patrie,
Eſpagnols, Anglois & François.
Eh ! Paix, &c.

SUDMER.

Galans barbons qu'Amour inſpire,
Ne tentez point le ſort ;
Le vent nous manque, & le navire
N'ira pas à bon port.
Je ſens qu'Amour voudroit me dire
Que Clarice a beaucoup d'attraits.
Hein ... quoi ? ... oui ... mais...
Allons, mon cœur, la Paix, la Paix,

Jugez de cette bagatelle
Seulement par le cœur,
Et ne nous faites point querelle.
Partagez notre ardeur.
Vous le sentez ; c'est notre zèle
Qui peint l'amour de tout François.
Et Paix, Paix !
Messieurs, la Paix.

FIN.

APPROBATION.

J'AI lû par ordre de Monseigneur le Chancelier *l'Anglois à Bordeaux*, & je crois que cett[e] Comédie écrite avec esprit & avec facilité, mérit[e] le succès dont elle jouit. A Paris ce 15 Mars 1763

MARIN.

Le Privilége général des Œuvres de M. Favart, enregi[s]tré à la Chambre Syndicale, N°. 521. fol. 356. se trouv[e] aux Œuvres de l'Auteur en 8 vol. in-8°.

www.ingramcontent.com/pod-product-compliance
Lightning Source LLC
LaVergne TN
LVHW010621110826
845149LV00003B/1004
* 9 7 8 2 0 1 3 7 3 8 2 6 2 *